LA PESCA:
POEMA

Gaspar Núñez de Arce

LA PESCA

- I -

¡Cuántas veces sentado en tu ribera,
¡oh mar! como si oyera
la abrumadora voz de lo infinito,
ha despertado en la conciencia mía
honda melancolía,
tu atronador, tu interminable grito!

- II -

Todo enmudece y cae en el misterio:
el poderoso imperio
que la tierra asoló con sus batallas;
hasta los dioses que de polo á polo
temidos son; tú sólo
sientes rodar los siglos, y no callas.

- III -

No callas, y hasta el alto firmamento
sube tu ronco acento,
y cuando revolviéndote en ti mismo
ruges furioso, en tus entrañas late
el horror del combate
que empeña el huracán con el abismo.

- IV -

Sólo alcanza poder tan soberano,
el pensamiento humano
como tú grande, como tú profundo,
que alzando sin cesar su voz de trueno,
forja en su ardiente seno
las glorias y catástrofes del mundo.

- V -

¡Ay si decir pudieras cuanto sabes!...
¿Qué hiciste de las naves
con que surcó tu inmensidad, la aciaga
y trágica ambición? ¿Adónde han ido?
Como el mortal olvido
tu oscuro fondo hasta el recuerdo traga.

- VI -

Todo perece en ti sin dejar huella:
el barco que se estrella
contra el peñón, la armada que devoras,
los continentes que iracundo invades,
las sordas tempestades
que avanzan en tus olas bramadoras.

- VII -

La tierra, en cuyo seno te reclinas,
mantiene en pie las ruinas
que las ciegas catástrofes dejaron.
Tú, con desdén soberbio, las rechazas:
por ti pueblos y razas
como sombras efímeras pasaron.

- VIII -

El furor de los tiempos, que venciste,
sólo tu voz resiste:
tu acento fue, como clamor de guerra,
el que la humanidad oyó primero,
¡ay! y será el postrero
que en su agonía escuchará la tierra.

- IX -

Pero más, mucho más que cuando inmolas
y abismas en tus olas
la insolencia del fuerte á quien humillas,
mi espíritu conturbas y enajenas
con las tristes escenas
que esparcen el terror en tus orillas.

- X -

No lejos de un peñón agrio y salvaje
que con recio oleaje
el cantábrico mar bate y socava,
al través de los árboles blanquea
casi ignorada aldea,
sobre la costa inabordable y brava.

- XI -

Mirando al mar, de frente al Océano,
que sacudiendo en vano
la roca estéril sin cesar se agita,
el horizonte corta y se alza enhiesta
sobre la calva cresta
del picacho granítico, una ermita.

- XII -

¡Con qué placer la gente pescadora,
que al despuntar la aurora
por entre escollos á la mar se lanza,
del sol poniente al último vislumbre,
ve lucir en la cumbre
aquel faro de amor y de esperanza!

- XIII -

Cuando, salvo de innúmeros azares,
torna á los patrios lares
el marinero audaz ¡con qué alegría,
con qué ferviente fe, descalzo y roto,
corre á colgar su voto
en aquel pobre templo de María!

- XIV -

¡María! que del piélago y del alma
las tempestades calma;
que recoge en sus brazos y consuela
al náufrago del mar y de la vida.
Bálsamo á toda herida,
puerto á toda aflicción. Maris stella!

- XV -

Desde el peñón desnudo y solitario
que el blanco santuario
con su apacible majestad abruma,
contempla por do quiera la mirada
la costa acantilada
donde se estrella con fragor la espuma.

- XVI -

Y al dilatarse por el mar, divisa
en la línea indecisa
do se juntan las nubes y las olas,
raudo vapor, que con la crin al viento,
acelera el momento
de arribar á las costas españolas.

- XVII -

Luego, á medida que la luz desmaya,
con rumbo hacia la playa
cuyos contornos borra la neblina,
se ven llegar las pescadoras naves,
como tímidas aves
que al nido vuelven, cuando el sol declina.

- XVIII -

El faro, al descender la noche oscura,
en la empinada altura
de negro promontorio centellea,
y su destello intermitente oscila,
cual la roja pupila
de un Titán, que en las sombras parpadea.

- XIX -

Están, desde la cúspide del monte,
el mar y el horizonte
a la absorta mirada siempre abiertos,
y al otro lado, en la vertiente opuesta
de la escarpada cuesta,
reclinado el lugar entre sus huertos.

- XX -

Silvestres hayas y robustos pinos
de los cerros vecinos
orlan y ciñen la brumosa frente,
por cuyas quiebras rueda y se desata,
como líquida plata,
el sonoro raudal de alguna fuente.

- XXI -

Y allí, donde de pronto se despliega
la pintoresca vega,
siguiendo los contornos desiguales
de la verde montaña, resguardado
por el peñón tajado
de recios y furiosos vendavales;

- XXII -

bajo el amparo de la Iglesia santa,
sobre la cual levanta
sencilla cruz sus brazos redentores,
sin que la sed de la ambición le aflija,
humilde se cobija
aquel pueblo de honrados pescadores.

- XXIII -

Por entre los repliegues de una loma,
rústico albergue asoma
al margen de un arroyo cristalino,
cuyo limpio caudal, abriendo calle
por el fondo del valle,
mueve después las piedras de un molino.

- XXIV -

Fresca arboleda en sus orillas crece,
y cuando el viento mece
con leve impulso sus tupidas frondas,
parece, reflejándose en el río,
que el ramaje sombrío
en el espacio tiembla y en las ondas.

- XXV -

junto al arroyo que lamiendo pasa
las tapias de la casa,
un joven pescador de piel curtida
por el viento del mar, áspero y rudo,
iba nudo por nudo
recorriendo su red, al sol tendida,

- XXVI -

para coger los puntos de la malla,
que en su postrer batalla
rompió, saltando el pez, vencido y preso
en la jornada del pasado día,
cuando la red crujía
de la copiosa pesca bajo el peso.

- XXVII -

Agraciada mujer, viva y morena,
en la ingrata faena
le acompañaba, y con secreto gozo,
a menudo, ligera como el rayo,
mirándole al soslayo
orgullosa pensaba: -¡Es un buen mozo!

- XXVIII -

y él, al fijarse, de impaciencia lleno,
en el redondo seno
que el ceñido jubón reprime y tapa,
suspendiendo de pronto su trabajo,
decía por lo bajo
con aire vencedor: -¡ Es que eres guapa!

- XXIX -

Entonces, dibujándose indecisa
en sus labios la risa,
contemplábase, muda de embeleso,
la dichosa pareja enamorada,
y era aquella mirada
una promesa, una caricia, un beso.

- XXX -

Los dos nacieron para amarse. Es Rosa,
como su nombre, hermosa:
arde en sus ojos del placer la llama.
Su fresca boca, que al halago brinda,
es dulce cual la guinda
que el pájaro voraz pica en la rama.

- XXXI -

No tiene la blancura de la nieve,
que se deshace en breve:
negros sus ojos son, negro el cabello.
Competir en su rostro parecía
la noche con el día;
pero ¿acaso el crepúsculo no es bello?

- XXXII -

Cayó en las redes de su amor cautivo
Miguel, el más activo
y arriesgado patrón de aquella playa,
que ágil en el timón, fuerte en el remo,
en el peligro extremo
ni tiembla, ni se aturde, ni desmaya.

- XXXIII -

Adiestrado en el ímprobo ejercicio
de su penoso oficio,
por la abierta camisa muestra el pecho
de fuerte y musculosa contextura,
no a la molicie impura,
sino a las fieras tempestades hecho.

- XXXIV -

Bajo su tosca y natural corteza
oculta la nobleza
de un corazón resuelto, pero sano.
Tan sólo Rosa conquistó la palma
de someter un alma,
que no logró domar el Océano.

- XXXV -

Santificó su paz y su ventura
la bendición del cura.
Tres meses hace que al sagrado lazo
la ya vencida voluntad rindieron,
tres meses, que se dieron
el primer beso y el primer abrazo.

- XXXVI -

Nunca vio la cantábrica montaña,
honor y prez de España,
dos almas en sus gustos más unidas,
ni con tan casto ardor el himeneo
en un mismo deseo fundió
dos corazones y dos vidas.

- XXXVII -

En su hogar deslizábanse veloces
las horas y los goces.
Ignoraba los usos cortesanos
su amor tan inocente como vivo:
pero el beso furtivo,
la franca lisa, el apretón de manos,

- XXXVIII -

el íntimo y verboso cuchicheo,
semejante al gorjeo
de alegres aves, el falaz desvío
de que mimada joven alardea,
sólo el tiempo que emplea
en decir su amador: -Dulce bien mío!

- XXXIX -

la voz, el gesto, la expresión, el modo de
contemplarse, todo
trastornaba sus almas, pues ¿qué idioma
por inculto que sea y por grosero,
para el amor sincero
no es tierno como arrullo de paloma?

- XL -

Juntos en deleitable compañía
trabajan a porfía
repasando la red, y tan molesta
como pesada operación sazona
la burla retozona,
la aguda chanza o la atrevida fiesta.

- XLI -

Reconcentrados en su amor profundo
¿qué les importa el mundo?
Los sueños de ambición dan al olvido.
A su cariño sin temor se entregan
y juegan como juegan
los pájaros incautos en su nido.

- XLII -

No lejos, en el término de un prado
donde manso ganado
con la hierba otoñal su gula aplaca,
la madre de Miguel, limpia y risueña,
tranquilamente ordeña
las llenas ubres de fecunda vaca.

- XLIII -

Con frecuencia, a hurtadillas, clava en ellos
tan jóvenes, tan bellos
y tan rendidos a su mutuo encanto,
los dulces ojos, que la edad apaga,
y por sus labios vaga
leve sonrisa, tierna como el llanto.

- XLIV -

¡Con qué inefable paz la pobre vieja,
a quien tan sólo deja
vanas memorias la cansada vida,
con qué intenso y profundo regocijo
siente y ve en aquel hijo
reverdecer su juventud perdida!

- XLV -

Él la hace recordar tiempos mejores,
con sus castos amores,
sus ansias, sus placeres y congojas.
Es como tronco roto, que aún resiste,
y el mes de mayo viste
de nuevas ramas y de nuevas hojas.

- XLVI -

Fijose en ella embebecido el mozo,
y desbordando el gozo
que en sus plácidos ojos centellea,
dijo, llamando la atención de Rosa:
-Mírala qué hacendosa
y entretenida está. ¡Bendita, sea!-

- XLVII -

-¿Qué puede apetecer? ¡Nos ve felices!
Rosa exclamó: -Bien dices-,
respondiola Miguel: -¡Quieran los cielos
para colmar la dicha de esa anciana,
concederle mañana
inocentes y hermosos netezuelos!-

- XLVIII -

La joven, con el seno palpitante,
mostrando en su semblante
el vívido color de la amapola,
al cuello se colgó de su marido,
y murmuró a su oído
una tímida frase ¡una tan sola!

- XLVIX -

Mas de poder tan penetrante y hondo,
que removió hasta el fondo
el alma de Miguel, como la ardiente
lumbre del sol que las campiñas dora,
hace, germinadora,
estallar en el surco la simiente.

- L -

-¡Madre! ¡madre! -gritó falto de aliento;
y pronta al llamamiento
con creciente ansiedad la anciana vino.
-¿Qué es esto? -preguntó sobresaltada.
-¿Qué es esto? ¡Pues es nada!-
contéstole Miguel fuera de tino.

- LI -

-¡Qué avanza mi ventura a toda vela!
¡Qué vas a ser abuela!
¡Qué mis sueños de amor alcanzo y toco!-
Y hablaba cada vez menos tranquilo,
levantándola en vilo
locuaz y descompuesto como un loco.

- LII -

Por fin la anciana desasirse pudo
del apretado nudo,
y no vuelta del pasmo todavía,
haciendo a Rosa malicioso guiño,
con maternal cariño,
-¡Ah bobo! -prorrumpió- ¡si lo sabía!

- LIII -

Y no cabiendo el júbilo en su pecho,
en íntimo, en estrecho,
en entrañable abrazo confundidos,
mezclaron sus sencillos corazones,
anhelos, ilusiones,
lágrimas, esperanzas y latidos.

- LIV -

Como de la fortuna en el marco,
se anticipa el deseo
con sus alas de rosa al bien distante,
Miguel dijo soñando: -Si no muda
el tiempo, y Dios me ayuda,
la pesca del atún será abundante.

- LV -

Se la consagro al niño, y con su importe,
a Castro... ¡no! a la corte
iré enseguida, y si en las tiendas hallo
cosa de gusto, volcaré el bolsillo,
y le traeré un hatillo
de príncipe... ¡y un sable!... ¡y un caballo!-

- LVI -

Y añadió enternecido, sonriendo:
-¡Si casi le estoy viendo
con su carita colorada y fresca,
y sus gracias alegres y sencillas,
sentarse en mis rodillas
rara escuchar los lances de la pesca!

- LVII -

¡Verás cómo retoza por la playa
cuando a buscarme vaya!
Y cuando se acostumbre, al lado mío,
al olor del carbón y de la brea,
¡verás cómo gatea
por los palos y jarcias de un navío!

- LVIII -

Será -siguió diciendo satisfecho-,
un mozo de provecho
más resistente y firme que una entena.
Iremos juntos, y se hará a mis mañas.
-¡Hijo de mis entrañas!-
Rosa le interrumpió con susto y pena.

- LIX -

¡Él, expuesto al peligro de los mares!...
¿No bastan los pesares
que me afligen por ti? ¡Vaya un empeño!
No lograrás vencerme, te lo digo,
harto sufro contigo
sin que nueva inquietud me robe el sueño.-

- LX -

-¡Bravo! -exclamó Miguel: ¡ Famosa ideal
Pues ¿qué quieres que sea?-
Y mirándole Rosa con ternura,
-¡Cura! -le respondió- ¡Cómo! -repuso
el pescador confuso,
-¡y un mozo tan cabal ha de ser cura!-

- LXI -

-¡Sí, sí! Para que ruegue noche y día
a la Virgen María-,
respondió con tiernísimo arrebato,
-por cuantos mueren en la mar traidora,
por la infeliz que llora
su mísera viudez... y por ti ¡ingrato!

- LXII -

-Pues no me harás cejar. -Ni a mí tampoco,
-Vayamos poco a poco-
dijo, cortando la incipiente riña
la madre de Miguel. -Pues yo no paso
por que apuréis el caso
sin contar con el huésped. ¿Y si es niña?-

- LXIII -

Quedose el pescador mudo y perplejo:
arrugó el entrecejo
contrariado tal vez; pero de pronto,
á compás de ruidosa carcajada
prorrumpió: -¡Nada, nada,
madre tiene razón! ¡Es que soy tonto!...

- LXIV -

-Si es niña, ya sabéis, no la recibo,
aun cuando sea el vivo
retrato de mi adusta morenita-.
Y con franca efusión abrazó a Rosa,
que entre esquiva y gozosa
dijo, evitando sus cariños: ¡Quita!

- LXV -

¿Quién ve tanta ventura indiferente?
¡Santa y perenne fuente
del amor paternal, que en nuestro anhelo
en misteriosas ondas repartida,
para endulzar la vida
y templar nuestra sed, bajas del cielo!

- LXVI -

¡Sentimiento purísimo del alma,
que turbas nuestra calma,
y con ritmo jamás interrumpido
despiertas los estímulos que duermen,
haces vibrar el germen,
subir la savia y palpitar el nido!

- LXVII -

A tu voz la inmortal naturaleza
suspende la fiereza
del oso huraño y del león hirsuto,
y tu fuego vivaz que do quier arde,
ímpetu da al cobarde,
vigor al débil y razón al bruto.

- LXVIII -

Todo, sujeto a inexorable norma,
se muda, se trasforma,
y en este inmenso impenetrable abismo
que la infinita variedad encierra,
tan sólo tú, en la tierra,
en el cielo y el mar, eres el mismo.

- LXIX -

Pero ¡oh suerte importuna! En el momento
de su mayor contento,
asomando al través de los maizales
que encubren la vereda del molino,
un marinero vino
a turbar sus ensueños paternales.

- LXX -

Era Roberto, amigo y camarada
de Miguel. Alma honrada
que a su pesar apasionado culto
consagra a Rosa; amor inofensivo.
pero punzante y vivo,
en lo más hondo de su pecho oculto.

- LXXI -

-¿Ya vienes a buscarme? Es muy temprano.-
Con tono afable y llano
dijo al verle Miguel. -Bien se conoce
que tienes -contestó- la paz en casa,
y que el reló se atrasa
para quien vive a gusto. ¡Son las doce!

- LXXII -

¿A qué esperamos, pues? El tiempo es bueno,
el cielo está sereno
y el mar tranquilo y manso. Con que puedes
calcular el aguante de tu malla,
pues hoy, o todo falla,
van con la pesca a reventar las redes.

- LXXIII -

¡No es lícito a los pobres el regalo!...
El año ha sido malo...-
-Cierto -Miguel repuso-, y necesito
no perder la ocasión, porque mi esposa...-
Iba a hablar; pero Rosa
dijo, abrazando al imprudente: -¡Chito!-

- LXXIV -

-Si mi franqueza tu disgusto labra,
no diré una palabra,
contestole Miguel. Mientras Roberto
rendido al golpe de su ardiente pena,
contemplaba la escena,
lívido y silencioso como un muerto.

- LXXV -

Quien en lo oscuro de su pecho esconda
la herida viva y honda
que sangra sin cesar, de un desdichado
amor, y tenga para más tortura,
el sueño de ventura
que nunca logrará, siempre a su lado;

- LXXVI -

quien de los celos pertinaces sienta
la mordedura hambrienta,
y finja, indiferente o satisfecho,
ver su imposible bien en otros brazos,
mientras quiere a pedazos
el corazón saltársele del pecho;

- LXXVII -

quien amando en silencio hasta el delirio
no tenga en su martirio
ni aun el triste consuelo de la queja,
podrá tan sólo comprender el fiero
pesar del marinero,
ante el placer de la gentil pareja.

- LXXVIII -

Miguel de pronto profirió: -¡Al avío!
con desenvuelto brío
la fuerte red plegando. Diligente,
y según su costumbre cariñosa,
iba a ayudarle Rosa
cuando él le dijo amedrentado: -¡ Tente!

- LXXIX -

¡Por Dios! ¿Qué vas a hacer? Pues bueno fuera
que un esfuerzo cualquiera...
¡No me des qué sentir! Y a más, te aviso,
que hoy la felicidad me presta aliento.
¡Hasta capaz me siento
de cargar con la barca, si es preciso!-

- LXXX -

Entre risas, y plácemes y fiestas
Miguel echose a cuestas
la recogida red, diciendo: -¡Vaya!
Nada hacemos aquí. -Y él y Roberto,
en íntimo concierto
tomaron el sendero de la playa.

- LXXXI -

Marchaba el ágil mozo con presteza,
volviendo la cabeza
a cada instante hacia su linar cercano,
desde donde en señal de despedida,
la joven conmovida
le mandaba sus besos con la mano.